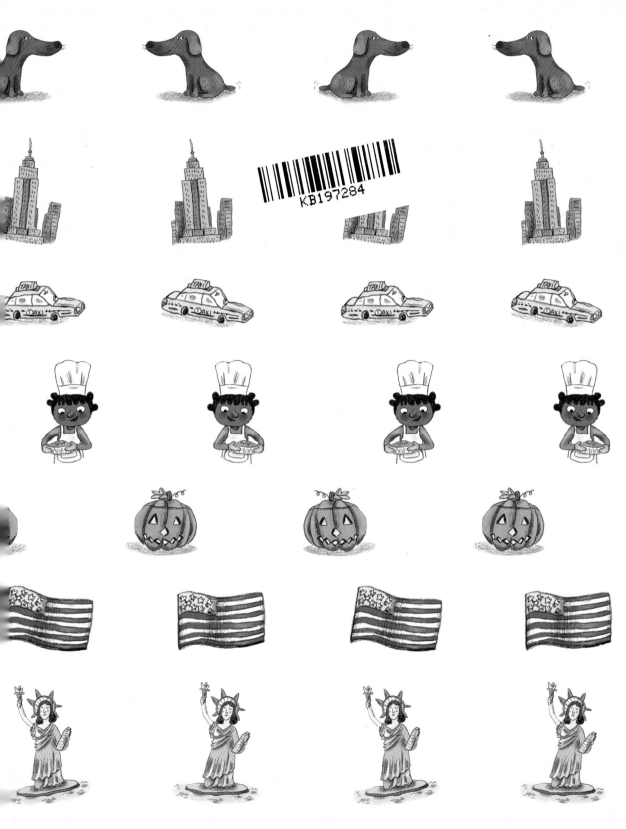

글 스테이시(자코) 윌슨 맥마흔
부모님은 미국인이고 독일에서 태어났어요. 어릴 적부터 독일, 미국, 프랑스를 오가며 살았고,
대학에서 미술, 칼리그래피와 모자이크를 공부했어요. 지금은 파리에 있는 미국 학교에서 영어와 미술을 가르쳐요.

글 스테판 위사르
프랑스 베르사유에서 태어났고 대학에서 영어와 에스파냐 어를 공부했어요.
오스트레일리아로 가서 프랑스 어 교사, 라디오 아나운서, 재즈 밴드 가수, 연극배우로 일했어요.
여행, 음악, 사람을 좋아해 세계 여러 곳을 돌아다녔고,
지금은 파리에 살며 노래로 배우는 어린이 외국어 시리즈를 기획하고 출판했어요.

그림 밀렌 리고디
프랑스 캉탈에서 태어났어요. 어린 시절에는 소라, 귀뚜라미, 풍뎅이를 즐겨 길렀고 호기심이 많았어요.
작은 것까지 꼼꼼히 관찰하는 성격이 그림을 그리는 데 도움이 되었어요.
그린 책으로는 〈도깨비 학교〉, 〈아빠 루이의 비밀〉 등이 있어요.

옮긴이 이재경
서울여자대학교 영어영문학과를 졸업하고 컴퓨터 프로그램을 개발하는 일을 했어요.
결혼 후 남편과 함께 미국으로 가서 영어 공부를 더 하고 있지요.
어린 아들에게 동화를 읽어 주듯 즐거운 마음으로 글을 풀었어요.

헬로 프렌즈
릴리와 함께하는 뉴욕 이야기

글 스테이시(자코) 윌슨 맥마흔 · 스테판 위사르 │ **그림** 밀렌 리고디 │ **옮긴이** 이재경
펴낸이 김희수 **펴낸곳** 도서출판 별똥별 **주소** 경기도 화성시 병점1로 218 씨네샤르망 B동 3층
고객 센터 080-201-7887(수신자부담) 031-221-7887 **홈페이지** www.beulddong.com **출판등록** 2009년 2월 4일 제465-2009-00005호
편집 · 디자인 꼬까신 **마케팅** 백나리, 김정희 **이미지 제공** 셔터스톡

ISBN 978-89-6383-683-6, 978-89-6383-682-9(세트), 3판 All rights reserved. Copyright ⓒ2011 by beulddongbeul

Hello, I am Lily from New York City by Jaco Stéphane Husarr
Copyright ⓒ 2021 by ABC MELODY Editions All rights reserved throughout the world
Korean Translation Copyright ⓒ 2022 by Beulddongbeul, Korea
This Korean edition was published by arrangement with ABC MELODY Editions, France through Milkwood Agency, Korea

릴리와 함께하는 뉴욕 이야기

스테이시(자코) 윌슨 맥마흔 · 스테판 위사르 글 | 밀렌 리고디 그림

하이, 내 이름은 릴리야.
난 뉴욕에 살아.
나랑 같이 우리 가족과 친구들을
만나러 갈래?

별똥별

릴리는 뉴욕에 사는 여덟 살 소녀예요.
뉴욕은 노랑 택시와 높은 건물이 많은 도시지요.
"안녕? 나는 맨해튼에 살아.
맨해튼은 뉴욕의 중심에 있는 섬이야."

"뉴욕에 오면 프랑스에서 선물한 자유의 여신상,
뉴욕에서 가장 높은 102층 엠파이어 스테이트 빌딩,
세계에서 가장 유명한 공원인 센트럴 파크 등 볼거리가 무척 많단다."

9

릴리가 엄마랑 센트럴 파크에 갔어요.
"엄마! 롤러스케이트를 타니까 정말 신나요."
"그래, 소풍 온 사람들도 즐거워 보이는구나."

릴리는 엄마, 아빠, 오빠랑 아파트에 살아요.
릴리 오빠는 이웃 소년들 중에서 키가 가장 크고 농구도 잘한대요.
"역시 우리 오빠가 최고야!"

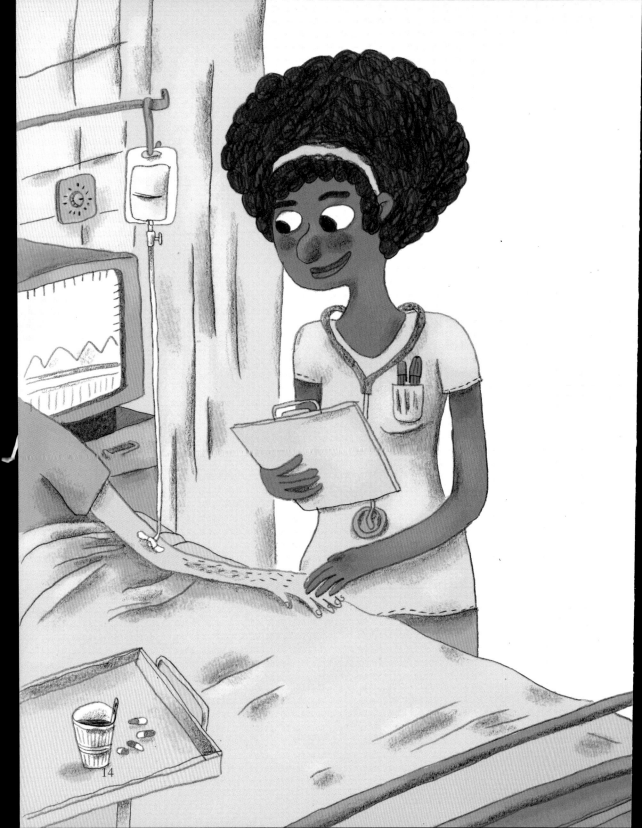

14

"안녕하세요. 어제 잠은 잘 잤나요?"
릴리 엄마는 아픈 사람들을 돌보는 간호사예요.
릴리 아빠는 페리보트를 모는 선장인데
사람들을 배에 태워 뉴욕 항구로 데려오는 일을 해요.
릴리 아빠가 그러는데 자유의 여신상을 보려고
페리보트를 타는 사람들도 있대요.

엄마, 아빠가 일하는 동안 릴리는 강아지 폭시와 시간을 보내지요.
폭시가 꼬리를 흔들며 릴리의 간식을 탐내네요.
"폭시! 과자가 먹고 싶어? 음……, 그런데 이건 내 거야."

릴리는 학교가 가까워서 친구들이랑 걸어 다녀요.
릴리네 담임선생님은 로빈슨이에요.
수학, 글쓰기, 읽기, 맞춤법을 가르치죠.
그중에 릴리가 가장 좋아하는 과목은 맞춤법이에요.
"선생님, 마지막에 들어갈 알파벳은 제가 맞힐게요."

19

20

릴리와 가장 친한 친구는 메디슨이에요.
메디슨은 우주 비행사가 되는 게 꿈이래요.
그래서 늘 책에 푹 빠져 있지요.
하지만 릴리는 친구들과 사방치기 하고
줄넘기하는 것을 더 좋아해요.

21

릴리는 토요일마다 모던 아트 박물관*에 가요.
"음, 예술 작품을 감상하고 미술을 배우면 참 뿌듯해."
모던 아트 박물관에 오는 사람들은 예술을 좋아하는데,
그중에는 미술을 공부하려고 다른 나라에서 온 사람들도 있어요.

*모던 아트 박물관: 뉴욕에 있는 미술 전시관인데, 미국뿐만 아니라 세계 여러 나라의
 유명한 현대 예술품이 전시되어 있어요.

릴리네 가족은 음악을 좋아해요. 아빠는 하모니카, 엄마는 피아노,
오빠는 밴조*, 릴리는 바이올린을 연주해요.
음악에 맞춰 춤추는 사람들은 이웃이에요.

*밴조: 미국의 민속 음악이나 재즈에 쓰는 현악기예요.

24

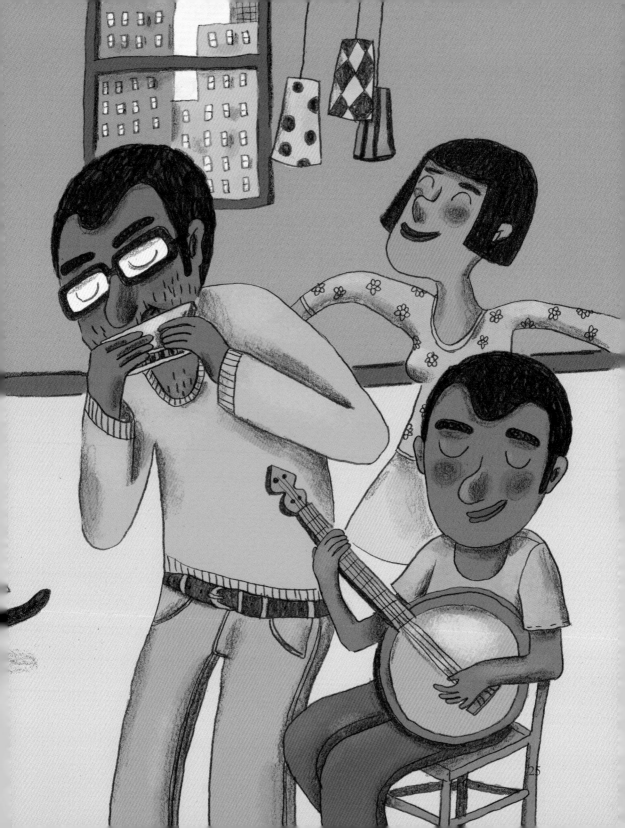

오늘은 일요일, 가족이 모두 모여 늦은 아침을 먹어요.
릴리네 가족은 다들 늦잠을 좋아하나 봐요.
"엄마, 저는 팬케이크와 베이컨을 많이 주세요."
"릴리, 과일이랑 젤리, 달걀도 골고루 먹어야지."

26

10월 핼러윈 축제 날! 곳곳에 호박 등이 걸리고,
릴리랑 친구들은 유령, 마녀, 해적으로 꾸미고 동네를 돌아다녀요.
"장난을 칠까요, 아니면 맛있는 것을 줄래요?"
아이들이 장난스럽게 말하면 이웃 사람들은
바구니에 초콜릿이나 사탕을 넣어 주지요.

추수 감사절이 되어 릴리네 가족은
워싱턴에 있는 할아버지 댁에 갔어요.
워싱턴은 미국의 수도로 대통령이 사는 백악관이 있는 곳이지요.
"할머니, 이번에 백악관에 가면 대통령을 꼭 만나고 싶어요."

뉴욕에 가면 릴리네 가족을 꼭 만나야겠어요.
"친구야! 뉴욕에 꼭 한번 놀러 와.
굿바이(안녕)!"

HELLO Friends 헬로 프렌즈
뉴욕의 멋진 볼거리

New York

86층과 102층에는 맨해튼 도심을 내려다볼 수 있는 전망대가 있어요

📍 브루클린 브리지

이스트강에 놓여 있으며, 맨해튼과 브루클린을 이어요. 세계 최초의 현수교로 미국에서 가장 오래된 다리예요. 매년 7월 4일 독립기념일을 기념하는 불꽃놀이가 이 다리에서 열려요.

* 브루클린 브리지와 같이 양쪽 언덕에 줄이나 쇠사슬을 건너지르고 거기에 매달아 놓은 다리를 '현수교'라고 해요.

📍 엠파이어 스테이트 빌딩

맨해튼 34번가에 있는 102층 고층 건물로 1931년에 완공되었어요. 처음에 생겼을 당시는 세계에서 가장 높은 건물이었어요. 엠파이어 스테이트의 이름은 뉴욕 주의 별명에서 비롯되었어요.

오른손에는 자유의 빛을 나타내는 횃불이 들려 있어요.

왼손에는 미국 독립선언서가 들려 있어요.

센트럴 파크

센트럴 파크는 맨해튼 중심부에 있는 공원으로 '도심 속의 오아시스'라고 불려요. 세계에서 가장 유명한 도시 공원이에요. 공원 안에는 산책로와 운동 시설, 저수지와 잔디 광장, 동물원, 야외 원형 극장 등이 있어요.

자유의 여신상

허드슨강 어귀의 리버티섬에 있는 자유를 상징하는 여신상이에요. 1876년 미국 독립 전 100주년을 기념하여 프랑스에서 선물로 보내 준 거예요. 유네스코에서 지정한 세계 문화유산이에요. 자유의 여신상의 왕관 부분에는 전망대가 있으며 왕관에 있는 7개의 뿔은 7개의 대륙을 나타내요.

미국의
멋진 볼거리

할리우드

캘리포니아주 로스앤젤레스에 있는 미국 영화 산업의 중심지예요. 일 년 내내 맑고 온화한 기후와 산, 호수, 바다, 사막 등의 다양한 자연환경으로 이루어져 있어 영화를 찍기 알맞은 곳이에요. 스타의 거리에 가면 유명 배우들의 손 도장과 발 도장을 볼 수 있어요.

매머드 동굴 국립 공원

켄터키주에 있는 세계에서 가장 긴 동굴이에요. 동굴 안에는 수많은 독특한 야생 동물들이 살고 있어요. 유네스코에서 지정한 세계 자연 유산이에요.

디즈니랜드

만화 영화 제작자인 월트디즈니가 세운 테마파크로 캘리포니아주 애너하임에 있어요. 1955년 처음 문을 열었으며 당시 유일한 테마파크였어요. 디즈니랜드 곳곳에서 디즈니 캐릭터가 관광객을 반기며 함께 사진을 찍어 주기도 해요.

옐로스톤 국립 공원

와이오밍주, 몬태나주,
아이다호주에 걸쳐 있는
미국에서 가장 오래되고
큰 국립 공원이에요.
수많은 온천이 있어요.
수증 기둥이 땅에서 솟구쳐
오르는 광경은 정말 멋져요.
유네스코에서 지정한 세계 자연
유산이에요.

그랜드 캐니언 국립 공원

애리조나주에 있는 거대한 협곡이에요.
콜로라도강이 콜로라도고원을 가로질러 흐르는 곳에 있어요.
어마어마한 절벽과 여러 가지 색의 암석이 어우러져 있어 무척 아름다워요.

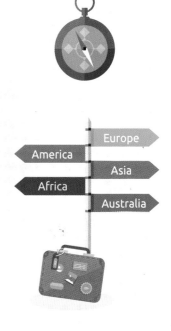

37

미국의 국기

붉은 줄, 흰 줄로 이루어진 13개의 줄은
영국에서 독립할 때 독립 전쟁에 나선 13주를
나타내요. 파란 바탕의 흰색 별은 50개인데
미국을 이루는 주를 상징하지요.

워싱턴주

몬

오리건주

아이다호주

네바다주

유타주

캘리포니아주

애리조나주

정식 명칭 아메리카 합중국
위치 북아메리카 대륙의 48개 주와 알래스카·
　　　하와이의 외부 2개 주로 구성된 국가
면적 약 963만 2천㎢ (한반도의 약 44배)
수도 워싱턴 D.C.
인구 약 3억 4181만 명 (2024년 기준)
　　　여러 인종과 민족이 모여 살아요.
언어 영어
나라꽃 장미

알래스카주

하와이주